Iwana

By Álvaro Leiva

Agnes Publishing
Honolulu, Hawaii
2014

Published in the USA by Aignos Publishing, Inc.
1910 Ala Moana Blvd, #20A
Honolulu, HI 96815
www.aignospublishing.com

Printed in the USA

Edited by La Shawn Pagan
Cover art provided by: Aníbal Moraga, 2009
Translated by Arturo Arabitg
Art Design by Carlos Alemàn
Photograph by Jorge Aceituno, 2009

13-digit ISBN: 978-0-9895191-6-8
10-digit ISBN: 0989519163

Aignos Publishing
Honolulu, Hawaii
2014

Para Leka

To Leka

Hubo un tiempo en que yo pensaba mucho en los axolotl.
Iba a verlos al acuario del Jardín des Plantes y me quedaba horas mirándolos, observando su inmovilidad, sus oscuros movimientos. Ahora soy un axolotl.

"Axolotl" de Julio Cortázar.

There was a time when I thought a lot about the axolotl.
I would go see them at the Jardín de Plantes aquarium and stay
for hours on end, observing their immobility, their dark
movements. Now I am an axolotl.

"Axolotl" by Julio Cortázar.

Álvaro Leiva

Confesiones de una iguana

Acabo de recibir por correo un mensaje:
noticias de un guerrero Hopi,
avisa que vendrá el día y la noche
rozando una luz azul
que purificará la tierra y su
útero, aquí
infierno de la ciudad, aquí
acabo de romper el hechizo.

("De correspondencia latina," Iwana)

Álvaro Leiva

Confessions of an iguana

I just received a message in the mail:
news from a Hopi warrior,
he tells me that day and night will come
skimming a blue light
that will purify the earth and her
womb, here
the hell that is the city, here
I just broke the spell.

("Of Latina Correspondence," Iwana)

Advertencia al lector

Iguanas. Cientos de miles. Iguanas por las riveras,
campos, barrios del sur de "La Florida".

Iguanas salvajes, dos tipos "verde común"
y "de cola espinosa" de "La México".
No son nativas de la zona, pero sí lo son las ciudades
y los suburbios.
Sus amos las han abandonado nuevamente.
Junto a las iguanas, la serpiente pitón
zigzaguea por el lodazal, Everglades a toda marcha.
La poesía es un reptil verde y de espalda espinuda.
La lengua, su lengua mortífera.
Desde el árbol submarino o desde la *palmera salvaje,*
la iguana aguarda
mientras inquilinos y *managers* de hoteles *luxury*
se ponen el camuflaje tétrico y gritan.
Eso es lo único que saben hacer,
lo único que han aprendido.
Por supuesto, la prensa con su cola,
la academia
con su tentáculo:
"Las iguanas son dañinas,
destruyen los jardines y crisantemos de la ciudad,
causan enfermedades incurables,
son portadoras de salmonela,
pueden con su cola lanzar al turista de plomo al suelo,
con sus garras rasguñar el corazón de lata,
morder de lado como lo hace una Iguana
en un suburbio cualquiera".
¡Iguana!
¡Iguana gigante!
¡Iguana de los caminos de América!

Álvaro Leiva

A warning to the reader

Iguanas. Hundreds of thousands. Iguanas in the
streams, fields,
neighborhoods of "South Florida".
Wild Iguanas, two types: the "common green"
and the "thorny-tailed" or "The Mexico".
They are not native to the region, but the cities
and suburbs are.
Their masters have abandoned them again.
With the iguanas, the python
zigzags through the morass, Everglades full speed
ahead.
Poetry is a green reptile with a thorny back.
With its deadly tongue.
From the underwater tree, or wild palm,
the iguana awaits
while tenants and luxury hotel managers
don their melancholy camouflage and scream.
It's the only thing they know how to do,
the only thing they've learned to do.
Of course, the media with its tail,
And academia with its tentacle:
"Iguanas are harmful,
they destroy the city's gardens and chrysanthemums,
they cause incurable diseases,
they bear salmonella,
with their tails they can throw tourists to the ground,
they can scratch a tin heart with their claws,
bite sideways the way an Iguana does
in any suburb".
Iguana!
Giant iguana!
Iguana of America's pathways!

Iwana

Eros introdujo la lengua filosa en la comisura de
moluscos emplumados
que en buen decir no dice nada.

Iwana
Los edificios disimulan el cielo –dice Saer.

Iwana
me tomo un …*cappi* no má…
inhabito el *interzone*…
en la isla de doce pasos,
me derrumbo y vivo entre los muertos floridos
de las guerras de igual nombre o
en las laderas del río Mississippi.

Ves que la Iwana eres tú
en las faldas del Llaima, el escorial.

Iwana
Levanto un Darío y salen poetas a borbotones
pero de ningún manantial sale la Iwana ni de ningún
arenal tampoco.

Iwana
no existía entre cafés *luxury*
ni en bares de mala muerte,
ni en zapatazos entre conserje, poeta y detective
solitario,
ni de cogorza en cogorza.

Álvaro Leiva

Iwana

Eros dipped his sharp tongue in the corner of
feathered mollusks
which, eloquently, say nothing.

Iwana
Buildings conceal the sky -Saer says.

Iwana
I drink a ...*cappi* nuttin' else
I inhabit the *interzone...*
on the island of twelve paces,
I collapse and live among the flowery dead
of the wars of the same name or
on the banks of the Mississippi River.

You see that *you* are the Iwana
in the skirt of the Llaima, the escorial.

Iwana
I raise a Dario and poets gush out
but from no spring does the Iwana emerge
nor from the sands.

Iwana
it didn't exist amidst luxury cafés
neither in cheap dives,
nor in the stomping between janitors, poets and
lonesome detectives,
nor from binge to drunken binge.

Iwana
se tropieza,
por el tragaluz entra con su cola radiante, fulminante
y se posa frente a ti.

Iwana
de ninguna Iwana se supo en concursos nacionales o
trasnacionales,
revistas de crítica sincrética, despachos de academia,
editoriales, antologías, manuales de poesía archinueva
Ni acusaciones de plagio ni de tener la nariz o la
pichula más grande.
No hay Iwana declarada persona non-grata, ó que
fuera fusilada por milicias nacionalistas.
No hay Iwana que ostente un Nobel ó un Pulitzer, a
pesar
de que Iwanas hablen la lengua de todas las lenguas.
No han sido traducidas al italiano, español ó
francés;

Como cualquier Iwana que debe subirse a la cumbre
para volver a mirarse la cola
y con perspectiva otear el pasado, el presente
y el porvenir,
comienzo aquí
un arte poético del otro que nos mira y dulce
compañía
Iwana, anfibia, la cara arrugada
Moche.

Iwana
it stumbles,
it enters through the skylight with its radiant tail,
fulminant
perching before you.

Iwana
no Iwanas were heard of in national
or transnational pageants,
in syncretic criticism reviews, in the offices of
academia,
editorials, anthologies, or in manuals of ultra-new
poetry.
Nor accusations of plagiarism, or of having a larger
nose, or prick.
There have been no Iwanas declared persona non-
grata or put
before a firing squad by nationalist militias.
There are no Iwanas who boast of a Nobel or Pulitzer
prize.
Despite this fact, Iwana's speak the tongue of all
tongues,
They haven't been translated into Italian, Spanish or
French;
in English only in *underground* publications.
Like any Iwana that needs to climb to the top
to look at its tail again
and examine its past with perspective, the present
and what's to come,
I start here
Ars Poetica of the other who looks upon us, and of
sweet company
Iwana, amphibious, the wrinkled face
Moche.

La verdad sobre las *Iwanas*

Hay iguanas verdes en México. Al sur de Brasil y Paraguay, como también por todas las islas del Caribe.

Iguana: del arahuaco-caribe: "Iwana."

Las iguanas son diurnas. Tienen sangre fría por lo tanto no producen calor. Son herederas del sol, se posan en las piedras, árboles.

Las iguanas verdes, viven solas, aunque se las puede encontrar en grupos como si fueran turistas *luxury* que se encuentran ocasionalmente en una playa. A veces, se miran, cimbran su cola larga, y otras veces parecen no decir nada.

Las iguanas llegan a poner, en un solo día, hasta 50 huevos. Los esconden bajo tierra y despistan a los invasores con falsos agujeros. Las madres Iguanas nunca regresan a buscar sus crías. Las iguanas se crían en la orfandad.

Sin conocer jamás a sus padres, llegan a ser adultas al cumplirse un período de 2 años.
Son omnívoras pero prefieren las plantas.
Su carne es engullida por muchos de nosotros, las iguanas hombres que todo lo tragan.

Álvaro Leiva

The truth about *Iwanas*

There are green iguanas in Mexico. In southern Brazil and Paraguay, as in all the islands of the Caribbean.

Iguana: from the Carib-Arawak: "Iwana."

Iguanas are diurnal animals. They are cold-blooded, hence they produce no heat. They are heirs to the sun; they perch on stones, trees.

Green Iguanas live alone, although they can be found in groups as if they were luxury tourists found occasionally on a beach. Sometimes they look at each other; they shake their long tails and sometimes they seem not to say anything at all.

Iguanas can lay up to 50 eggs in one day.They hide them underground and mislead invaders with false burrows. Mother iguanas never return to care for their litters. Iguanas grow up as orphans.

Without ever meeting their parents, they reach adulthood after a period of 2 years.
They are omnivorous, but prefer plants.
Their flesh is devoured by many of us, the iguana men who gobble up everything.

La *Bamby* por la puerta trasera

A John Zerzan y Nicole Soden

I

Es el espectro, es un show con rictus celta, fenicio,
     germánico.
Ella me dice que ha llegado la hora,
es la *Bamby* por la puerta trasera.
Ha llegado la hora, y me dice:
"Soy doble, muevo la lengua de estropajo,
muevo la línea del ecuador para ese lado y para el
     otro".

II

Si después de pasar por el espectro,
una puerta se abriera de par en par
(las cerraduras rajadas de mi cuarto,
un cuarto sin ventanas, ni paredes,
sin muebles, ni relojes,
sin despensas, ni cocinas),
entonces ella caminaría hacia mí,
diciéndome con su vaivén vikingo:
"Don Álvaro, a usted le ha llegado la hora".

III

En esta pista circense.
En la cuna del arte Deco.
Se le escapa una monarca mariposa de su línea
     ecuatorial,
su pelaje perfumado.
Pero la *Bamby* se está cansando del entretenimiento.
Lo confiesa, se emborracha y se pega una cacha
a las cinco de la mañana,

Back Door Bamby

For John Zerzan and Nicole Soden

I

It's the specter, a show with a Celtic rictus,
Phoenician,
Germanic.
She tells me, the time has come,
it's the back door *Bamby*.
The time is upon us, and she tells me:
"I am double, I move my steel wool tongue,
I move the equatorial line to that side and the other".

II

If, after traversing the specter,
a door were to open wide,
(the cracked locks of my room --
a room with no windows, or walls,
without furniture, or clocks,
or pantries or kitchens),
then she'd walk toward me,
and in her Viking sway, she'd say:
"Your time has come, Don Alvaro,"

III

In this circus ring.
In the cradle of Art Deco.
A Monarch Butterfly escapes its equatorial line,
It's scented fur.
But *Bamby* is getting tired of the entertainment.
She confesses as much, she gets drunk, and fucks
at five in the morning,

a las cinco de la mañana se la pega. La cacha.
Pero la *Bamby* se está cansando del entretenimiento
y de la Heineken.
Trae del oeste a un brujo zeta.
Colecciona zigotes en el patio de su casa.
Huevos de avestruz, plumas de pavo real.

IV
La *Bamby* más el brujo zeta. Combinación, estruendo,
    caos.
Arte potencial, embrión, nada.
De la civilización a la sífilis
y de la esclavitud del trabajo a la esclavitud
del entretenimiento.
El brujo zeta
en el espectro oscuro de las contradicciones.
La fotografía del show pertenece a la galería
de los espectros.
La *Bamby* por la puerta trasera,
el Zeta por la puerta trasera,
la conciencia partida, el sueño roto,
la utopía de los gatos(as), lobos(as) y perros(as).

at five in the morning she fucks. Fucks.
Huevos de avestruz, plumas de pavo real.
But *Bamby* is getting tired of the entertainment
and of her Heineken.
She brings a zeta sorcerer from the west.
She collects zygotes in her backyard.
Ostrich eggs, peacock feathers.

IV

Bamby, and the zeta sorcerer. Combination, uproar,
chaos.
Potential art, embryo, nothingness.
From civilization, to syphilis
and from the slavery of work, to the slavery of
entertainment.
The zeta sorcerer
in the dark specter of contradictions.
The photograph from the show belongs in the gallery
of specters.
Back door *Bamby*,
Back door zeta,
consciousness split, the dream broken,
the utopia of cats, wolves and dogs.

Camaleón

Hay un camaleón
estirándose en el tronco de un árbol de palma.
Hay un ojo acuático que ve un camaleón
estirándose sobre un andamio
que lleva 2050 voltios.
Un camaleón que con su ojo-agua
ve a un domesticado cabalgando el calendario
de los números.
La alerta histeria en un motín de imágenes
soltando hollín por el cielo.
Hay un camaleón
colgando de mi ojo miope
en el patio de mi retablo.
Un camaleón vertical
onomatopéyico que se lanza de sopetón
por el retablo,
espejismo –en que yo, tú y el camaleón—
somos todos.

Chameleon

There's a chameleon
stretching on the trunk of a palm tree.
There's an aquatic eye that sees a chameleon
Stretching, on a platform taking in 2050 volts.
A chameleon, who with its water-eye
sees one housebroken, riding the calendar
of numbers.
Alert, hysteria, in a riot of images
blowing soot across the sky.
There's a chameleon,
hanging from my myopic eye
on the petal of my altarpiece.
An onomatopoeic vertical chameleon
suddenly throws itself down the altarpiece,
mirage –in which I, you and the chameleon—
are one.

"Al amanecer los niños montaron en sus triciclos, y nunca regresaron."
El rapto de Lindberg de Leopoldo María Panero

I

Desde las arcadas
de una ciudad
un triciclo se mueve

hay órbitas que
limitan con el círculo líquido
que todo lo ve

pero el triciclo no se mueve
ni a la redonda
ni horizontal
ni para la izquierda
ni para la derecha
ni en caída libre
ni a zancadillas

desde la arcada
de una ciudad endurecida
un triciclo deja de moverse,
sus rayos simétricos
me hacen cosquillas a la altura de mis cejas, tus cejas.

la ciudad es un vórtice
intoxicación de uranio sobre las cabezas.

*"At dawn the children mounted their tricycles, and never
returned."*
 The Lindberg Kidnapping by Leopoldo Maria Panero

I

From the archways
of a city
a tricycle moves

There are orbits that
limit with the liquid circle
that sees all

but the tricycle doesn't circle
doesn´t move around
nor horizontally
nor left
nor right
nor in a free fall
nor does it trip

from the archway
of a hardened city
a tricycle stops moving,
its symmetrical spokes
tickle me at the height of my eyebrows, your
eyebrows.

the city is a vortex
uranium poisoning above our heads.

II

Somos las ciudades,
"cráneos y huesos"
que mueven el triciclo.
¿Debo decir triciclo?

Nos hemos enterado de las ciudades cosmopolitas,
hechas cenizas por el incendio fenomenal del
celuloide, que ardió como nunca antes. La película
nos mostró la fotografía, visiblemente invisible, como
la marca en el horizonte. La diablura de la natura, que
se robó la llave ganzúa del lenguaje que nos enjuagó
la boca a chasquidos como quien traga un trozo de
pierna de venado, o una tripa de carnero en la isla de
Chiloé.

De la destrucción de las ciudades. De la liberación de
los zoológicos del mundo. Se devoran los unos a los
otros en los anatemas de azul Víctor Hugo. La poesía
destripó el árbol de su corteza. El poeta se devoró
ante el espejo.

¿debo decir triciclo?

Debes decir triciclo, y prosificar lo imposible,
impronunciable. Los miembros del clan "cráneos y
huesos" son zoológico, sangría de ciudades al
atardecer en el río Paraná.

II

We are the cities
"skull and bones"
Which move the tricycle.
Should I say tricycle?

We've found out about cosmopolitan cities, turned to
ashes by the great conflagration of celluloid that
burned like never before. The movie showed us the
photography, visibly invisible, like the mark on the
horizon. The mischief of nature, stole the skeleton
key of language, that rinsed our mouths in clicks, like
someone swallowing a piece of venison leg, or ram
tripe, on the isle of Chiloe.

On the destruction of cities. On the liberation of the
world's zoos. They devour each other in Victor
Hugo's blue anathemas. Poetry gutted the tree of its
bark. The poet devoured himself before the looking
glass.

Should I say tricycle?

You should say tricycle and prose-ify what's possible,
unpronounceable. The members of the "skull and
bones" clan are zoological, blood-drawn cities on the
Paraná River at dusk

La iguana despierta al hombre

Se ven edificios y condominios de lujo
que perturban
un campo de golf enredado
entre manglares.
La embarcación es pequeña,
el hombre es aún más pequeño.
Habla con la iguana
sobre estos edificios siniestros,
y del campo de golf y de sus golfistas aficionados.
La iguana despierta al hombre
que adormece intoxicado
por el ruido de los helicópteros.
La iguana cimbrando con su cola
lo despierta y lo pone a hablar
es lo único que ha aprendido todos estos años—

Se queda mirándolo,
se lo inventa con sus ojos
mitad iguana, mitad nihilista.
La iguana trepa por el mangle.
La marea se recoge y los amigos se van
mar adentro
sin decir
ni media
palabra.

The iguana awakens the man

You can see buildings and luxury condos entangled
in mangroves, perturbing a golf course.
The ship is small,
the man, even smaller.
He speaks with the iguana
about these sinister buildings,
and about the golf course, and its amateur golfers.
The iguana awakens the man
who sleeps inebriated,
by the sound of helicopters.
The iguana shaking its tail
wakes him up, and makes him talk
it's the only thing it's learned all these years—
It keeps watching him,
inventing him with its eyes
half iguana, half nihilist.
The iguana scales the mangrove.
The tide pulls itself up and the friends
retreat offshore
without saying
a word.

Soy un réptil

Soy un réptil,
un camaleón,
una lagartija,
un renacuajo.
Duermo con el zumbido
de un manglar subtropical.
Es el año 2004
y los reptiles no van a sobrevivir
el 2012.
El azul iguana, camuflaje de mal escritor,
tendrá que hacer sonar
algún verso,
estrofa, atada al árbol submarino.

Tengo la semilla, me la llevo
lejos de aquí.
Hasta siempre,
hasta que las ciudades se inunden,
hundirse desde su cenit.
Soy un réptil, un camaleón, una lagartija, y un
    renacuajo.
Soy la iguana trepada en el árbol submarino.

I am a reptile

I am a reptile,
a chameleon,
a lizard,
a polliwog.
I sleep to the hum
of a subtropical mangrove.
It's the year 2004
and reptiles will not survive
2012.
The blue iguana, camouflaged as a bad writer,
who will have to make ring
some verse,
a stanza tethered to the underwater tree.

I've got the seed, I'm taking it
far from here.
Forever,
until the cities sink,
sink from their zenith.
I am a reptile, a chameleon, a lizard, and a polliwog.
I am the iguana perched on the underwater tree.

Corporación

La iguana se comió
todo.
Empezando con la etiqueta, y la barra interminable.
La mitad de su cuerpo
triturado
en horizontal dilema,
contra la gravedad,

el fósil negro levantó
el alud pestilente,
algo se partió a la mitad de la mitad
mientras
la iguana con su larga cola
aplanó edificios, rascacielos, postes, fábricas
y aeropuertos.

Máquinas que la iguana
imitó con el chasquido de su mitad lengua, mitad
    colmillo.
La iguana engulla el cuerpo invisible.
La iguana trepada desde un manglar.
La iguana que nos lleva por el río.

Corporation

The iguana ate it
all.
Starting with the tag, and the endless barcode.
Half its body
crushed
in horizontal dilemma,
against gravity,

the black fossil raised
the stinking avalanche,
something split down the middle of the half
while
with its long tail the iguana
flattened buildings, skyscrapers, telephone poles,
factories
and airports.

Machines that the iguana
impersonated with the crackling of its half tongue,
half fang.
The iguana devours the invisible body.
The iguana perched on a mangrove.
The iguana, takes us along the river.

Corporación II

La sicopatía
del cuerpo invisible
invencible
legión depredadora
cláusula para Hitler, Mussolini, Margaret Thatcher,
Stalin, Pinochet, Suharto, Videla, Fox, Clinton,
Sharon, Kissinger, The Bushes, Negroponte, Gates,
Murdock, Monsanto, etcétera.
La iguana-serpiente transporta la pila de huesos
hacia el final de la selva,
donde termina la jungla o donde comienza la selva.

Su corona de esqueletos. ¡Ay!, su corona de huesos.
La anaconda que dejó ser anaconda, y escarbó la
     arena
en el desierto.

La anaconda muere en los brazos del yagé,
en las tiranías del oro negro de la bilis negra.
Para alegrar la vida de la sierpe de hierro.
Anaconda blindada.

Corporation II

The psychopathy
of the invisible body
invincible
predatory legion
clause for Hitler, Mussolini, Margaret Thatcher, Stalin,
Pinochet, Suharto, Videla, Fox, Clinton, Sharon, Kissinger,
The Bushes, Negroponte, Gates, Murdock, Monsanto, etc.
The serpent-iguana transports the pile of bones
toward the end of the jungle,
where the jungle ends or where the forest begins.

Its crown of skeletons. Oh! Its crown of bones.
The anaconda that stopped being anaconda and
burrowed into the
desert sand.

The anaconda dies in the arms of the yagé.
in the tyrannies of black gold and black bile.
To cheer up the iron snake.
Armor plated anaconda.

19th Street and Florida Avenue

I

"Aquí le dieron el tiro," Dijo el hombre, llevándose
un cigarrillo a la boca manchada.
Manchada con rosetas rojo-púrpuras. Como en carne
viva.
Que vi todo lo que pasó.
¿Qué es lo que pasó? le dije.
Es que a Ronald Reagan le pegaron un tiro. Eso hace
años. ¿Pero eso es bueno o malo? le dije sonriente.
Ah no sé. Yo estaba sentado en la silla y ¡pum! ¡Un
tiro!
¿Y de qué lado venía el tiro? continué sin perder de
vista el lugar que señalaba con su dedo.
¡Ahí! ¡Pum! ¡Pum! Fueron dos tiros. No, no, fueron
muchos.

Hablaba mientras llamaba al dueño del hotel.
De miedo y carísimo el cuchitril, pero lo más barato
que había en el distrito de *Dupont Circle*, la capital de
los *homeless*. Esa noche dormí pensando en escribir
un poema, pero la comisura de todo el cuerpo se
endurecía
por una entrevista de trabajo.
¡Recórcholis! ¿Quién quiso asesinar a Ronald
Reagan?
pregunté nuevamente al anciano conserje.

19th Street and Florida Avenue

I

"Here's where they shot him," said the man, putting
a cigarette in his stained mouth,
Stained with purplish red splotches. Like raw flesh.
"I tell you I saw everything that happened."
"What did happen?" I said.
"Ronald Reagan was shot, that was years ago."
"But was that good or bad?" I said smiling.
"Well, I don't know. I was in my chair and boom! A
shot!"
"So what side did the shot come from?" I continued
without losing
sight of the place he pointed to with his finger.
"There! Boom! Boom! There were two shots. No, no,
there were many."

I spoke while calling the hotel owner.
Scary and very expensive the hotel was, but the
cheapest
in the *Dupont Circle* district, the homeless capital.
That night I fell asleep thinking about writing a poem,
but
all the edges of my body hardened
for a job interview.
Gee whizz! Who wanted to kill Ronald Reagan?
I asked the old concierge again.

"My boss' friends..."

The next day I stood right where Chris Williams had
pointed
with his strident diabetes, from the dirty window
of the Cabin *INN*.
It's the *Syrians,* they're my boss' friends...

Los amigos de mi jefe…

Al otro día me paré justo al medio donde me señaló
Chris Williams con su diabetes cabalgante, desde el
cristal sucio del *Cabin INN*.
Son los *sirios*, son los amigos de mi jefe…

II

En la avenida Florida y la diecinueve calle,
un hombre señala con su dedo
el sitio en que ocurrió el atentado
Es mil ochocientos ochenta y siete
y hay algunos condenados a morir
(leo en las páginas de Martí que fueron siete, los
    anarquistas
ahorcados)
El tiempo es un año de muchos tiempos que en años
anteriores fueron también trescientos sesenta y cinco
días. José
Magnífico.
Me retraigo un poco y estoy –como digo— sentado
    solo
en este cuarto
a una cuadra
a pocos metros donde fuera perpetrado
el show de las balas, el teatro de las maravillas
del mundo.

II

On Florida Avenue and Nineteenth Street,
a man points with his finger
to the site where the assassination attempt occurred
It's eighteen eighty-seven
and there are some that have been sentenced to death,
(I read in Marti's pages that seven anarchists were
hung)
It is a span of a year of many epochs which in
previous years
were also three hundred and sixty-five days.
Magnificent
José
I withdraw a bit and am --as I say-- seated alone
in this room
a block away
a few meters away from where the show
of lead was perpetrated, the magic theatre of the
world.

III

Esto no es un poema que no escribiré para que mis nietos
no se lo cuenten a sus nietos.
De qué sirve este libro en la cripta de la iglesia
    "aldentista"
 o detrás de la lámpara *tiffany*
del "guerrerista".
Es la mecano cuántica y el anti-átomo,
mis hijas, mis nietas,
Es una especie de espiral de serpiente
que llevamos flotando entre los huesos,
Es acuática, es hábil, y devora con sus ojos.
Pero nos libera.
El libro se acabó conmigo
se quedó entre estas páginas
y la llave del acertijo y el camino de regreso a Ítaca…
allí me volvió a apuntar el vejete de color con un
    cigarro entre los
labios.
…una bala atravesó a Ronald Reagan
en la avenida Florida y la calle diecinueve,
en la entrada al Hotel Hilton
una mañana de dos mil cinco.

Cerré el libro de los ensayos norteamericanos de
Martí.

III

This is not a poem that I won't write so that my
grandchildren
won't tell their grandchildren
What good is this book in the crypt of the "aldentist"
church or behind the "war-mongering" *tiffany* lamp.
It's the mechanical-quantum and the anti-atom,
my daughters, my granddaughters,
It's a sort of serpent spiral
that floats between our bones,
It's aquatic, it's nimble and devours with its eyes.
But it liberates us.
The book ended with me
it gave out along these pages
and the key to the riddle and the way back to Ithaca...
there the old colored man with the cigarette between
his lips pointed once again:
"...a bullet went through Ronald Reagan
on Florida Avenue and Nineteenth Street,
at the entrance to the Hotel Hilton
one morning in two thousand five."

I closed the copy of Marti's North American essays.

There's a man who left his key in the room, he yells
that
custodian is a satyr, a trafficker of doors and
windows,
a secret agent...
It's too late, it would be best to leave the book
wordless
for when ceasing to think so much
sleeps on a busy city block.
The city is the skeleton of nature, it is death,
pleasure, the spark, illumination.
I turn off the light, it's twelve forty-seven.
It's your turn to fire.

Hay un hombre que dejó su llave en el cuarto, grita
que ese guardián es un sátiro, un traficante de puertas
y ventanas, un agente encubierto…
Es muy tarde, mejor sería dejar el libro sin palabras
para cuando el dejar de pensar tanto duerma en una
     cuadra
concurrida.
La ciudad es el esqueleto de la naturaleza, es la
muerte, es el placer, el destello, la iluminación.
Apago la luz, son las doce y cuarenta y siete minutos.
Te toca a ti disparar.

911

Al poeta Armando Uribe

ANACONDA
Había una vez una Anaconda
escondida muy al fondo de la tierra.
Yo tenía seis años, aunque me quedé con la impresión
de haber tenido más.
En la capital Santiago 1973,
la anaconda tenía al plumífero atrapado en su guarida.
La anaconda montó el barullo
me sacó de la cama muy temprano-

no, no era un terremoto.
Los vecinos salieron a la calle,
en medio de la avenida,
"los cazabombarderos"
y aprendí esa palabra.
Largos estruendos, los cazabombarderos.
La anaconda engulle aves gigantes
pero las aves gigantes viven esperando que el águila
vuelva a la isla.
La isla es la hermana de las otras dos islas. Puerto
    Rico
e Islas Vírgenes.
La hermana grande es la isla de Chile.
Sí, Chile es una isla y en el fondo tiene una viga
que no nos deja ver.
Chile

911

To the poet Armando Uribe

ANACONDA
There was once an Anaconda
hidden very deep at the bottom of the earth.
I was six years old, although I was left with the impression
of being older.
In the capital of Santiago 1973,
the anaconda had a hack trapped in its lair.
The anaconda kicked up a ruckus
it got me out of bed very early--
no, it wasn´t an earthquake.
The neighbors came out into the street,
in the middle of the avenue,
"the fighter-bombers"
and I learned that word.
a long rumbling, the fighter-bombers.
The anaconda swallows giant birds whole
but the giant birds live awaiting the eagle's
return to the island.
The island is the sister of the other islands. Puerto Rico
and the Virgin Islands.
The big sister is the island of Chile.
Yes, Chile is an island and at the bottom it has a girder
that doesn't let us see.
Chile

Como dije, había una vez un Chile
que era una isla y se convirtió
en Anaconda, se devoró a sí misma
y rodó por el desierto tan infiltrado de policías.
Quise decir poesías.

¿debo decir poesías?
Debes decir poesías como debes decir triciclo.
Chile es una isla.

Like I said, there was once a Chile
that was an island that turned into
an Anaconda, it devoured itself
and it rolled through the desert teeming with cops.
I wanted to recite poems.
Should I say poems?
You should say poems like you should say tricycle.
Chile, is an island.

Poema de arribo a Albión, la antigua Inglaterra

420 Brockway,
en el parque tropecé con casas, recámaras,
alcobas de violeta intenso, pinceladas en el horizonte,
en Albión caí
por el agujero
del venado que me convidó a su casa,
debajo de una acacia
que se volvió blanca
alba desde el cielo
nieve que cayó
y congeló su cola, sus escamas, las antenas
y todas las cosas volvieron a ser blancas
como en las postales
de ciudades cubiertas,
y sobre su lago resbaló su peso
sobre su almohada
y reposó su cabeza
y se muere,
y renace
en el 420
bocanada
tras
bocanada.

Álvaro Leiva

A poem of arrival at Albion, ancient England

420 Brockway,
in the park I bumped into houses, bedrooms,
bedchambers of intense violet, brush strokes on the
horizon,
I fell onto Albion
through the hole
of the deer that invited me to its home,
under an acacia
that turned white
dawn from the sky
snow that fell
and froze its tail, its scales, the antennae
and everything was white once again
like in post cards
of blanketed cities,
and on its lake slipped its weight
on its pillow
and rested its head
and died,
and it is reborn
in 420
puff
after
puff.

(Secuencia de una ciudad) "Chicago"
(Shig-gau-go, "zorrillo ó mofeta")

I

En la ciudad siempre hubo un río
todos sabemos lo que el río dice,
trae, trenza en su corriente.
No es la muchedumbre
que menea la cola en los supermercados
y en los eventos deportivos.
Tengo un hábito con el tambor hablador
que repica y contra repica sin parar.
Un río, una ciudad menos que recordar
su corriente triturando en la trayectoria quinta
    dimensión,
su larga cola mueve
hablador tambor
repique contra repique
su cola
cuelga de las escaleras de emergencia.

(City Sequence) "Chicago"
(Shig-gau-go, "skunk or polecat")

I

There was always a river in the city
we all know what the river says,
what it brings, what it braids in its current.
It's not the crowd
wagging its tail at supermarkets and sporting
events.
I've got a habit with the talking drum
it beats and counter-beats endlessly.
A river, one city less to remember
its current crushing the fifth dimension in its path,
its long tail moving
the talking drum
beat against beat
its tail
hanging off the fire escape.

II

Como el camaleón
como el alacrán
entro en la vega de la grava
en retroceso.
En los extramuros
lentamente
el humo, y el hierro oxidado
tras la ventanilla
un chico apoyado en la butaca

transpira en el paisaje de ruinas,
en silencio
como el alacrán que recorre el arenal
hasta llegar a su guarida.
¿debo decir guarida?
No, no hay casa, no hay domicilio.
Como el alacrán
entro en la ciudad
mientras el cristal se empaña
Union Station
un paso en el andén
visto de negro (bilis negra)
nos esperamos

debajo de una vetusta arquitectura de horror
cinematográfico,
en la ciudad
los alacranes
avanzan
por el frontis

en donde hay un alacrán recién nacido
y detrás de sus no pupilas
una no iguana
en el tren a Chicago.

II

Like the chameleon
like the scorpion
I enter the gravel marsh
backwards.
Outside the walls
slowly
the smoke and rusted iron
outside the window
a boy leaning against the armchair
sweats in a landscape of ruins,
in silence
like the scorpion roaming about the sand
'till it gets to its den.
should I say den?
No, there's no house, no home.
Like the scorpion
I enter the city
as the glass gets foggy
Union Station
a step on the platform
I'm dressed in black (black bile)
we wait for each other
under a horrible ancient architecture
cinematic,
in the city
the scorpions
advance
through the facade
where there is a newborn scorpion
and behind its non-pupils
a non-iguana
on the train to Chicago.

III

Las ruinas van a parar al argavieso,
los automóviles, las vías, las intersecciones
y rotondas
un hombre sentado a mi lado me habla de una ciudad
que no existe.
En la "milla fabulosa"
las tiendas no brillan, no seducen a nadie.
En las ruinas de esta ciudad
existe otra ciudad hundiéndose.
En el precipicio de mi pipa de cristal ahumado
hay una iguana que contempla.

III

The ruins stretch as far as the spillway,
the cars, roads, intersections
and rotundas
a man seated next to me speaks of a city
that doesn't exist.
In the "magnificent mile"
the shops do not shine, they seduce no one.
In the ruins of this city
there is another city that's sinking.
On the precipice of my smoked glass pipe,
there is an iguana; contemplating.

Lengua Iwana

Iwana Tongue

Liróforo

Descubro que
soy un liróforo
yo soy
y como soya
ó soja,
tengo
un pequeño
impedimento
no
distingo
entre líneas
ni puedo
ver a lo lejos,
soy yo soya,
un liróforo,
y prendo el fósforo
un zumbido al
oído
liroforito
bomberito
fosforito el bombero
1973-1980
la patria de mierda
me arden los dedos
en tu cumpleaños.

Bard

I discover that
I am a bard
and like I am
or yam,
I have
a small
handicap
I don't
distinguish
between lines
nor can I
see from far away,
I am yam,
a bard,
and I light the kindling
a buzz
in my hearing
little bard
kindling the fire-eater
1973-1980
the fucking fatherland
my fingers burn
on your birthday.

Es verdad, quemé el patio de mi abuela

Es verdad
quemé el patio
de mi abuela, un domingo
en el monorrimo
las ondas de calor
el fuego,
un tío corriendo
venía del campo con paltas y racimos de uva negra
del fundo de Putaendo.
Era el verano
y quemé no más el patio
de mi abuela.
Una vez el patio consumido por las llamas
se vio
en el televisor
el festival
de la risa, la risotada
la pilcha veraniega
la gaviota de lata,
a no ser
por el bicho:
una iguana de una iguana disecada
que me hizo un guiño con su ojo de vidrio,
y allí
nació,
en esa
tarde
en que quemé el patio
de mi abuela,
la iguana.

It's true, I did burn my grandmother's yard.

It's true
I did burn my grandmother's
yard, one Sunday
in mono-rhyme
the heat-waves
fire,
an uncle running
coming from the country estate of Puataendo
with avocados and bunches of black grapes.
It was summer
and I only burned
my grandmother's yard.
Once the yard was consumed by the flames
on TV
you could see
the festival
of laughter, the cackle
the summer get-up
the tin sea gull,
if it wasn't
for the critter:
an iguana from a dissected iguana
that winked its glass eye at me,
and it was born
then and there,
on that afternoon
when I burned
my grandmother's yard,
the iguana.

Memorias de una Iguana

A Carmen Berenguer

Entre iguana
y
Anaconda
me hice liróforo
aunque
siempre
me gustó el fósforo
fui
a la escuela
a no aprender nada
me expulsaron al segundo año
no pude decir como Lihn que nunca salió de las
paredes del liceo Alemán-
pero
ahora que todos sabemos la firme
oye Paul… oye Paul
te cuento
que
soy
una iguana,
y leo
noticias de iguanas
montadas a pelo
de un
leopardo de 500 años,
oye Paul… oye Paul
en el Santiago Punk,
tu rostro a mi es familiar,
te vi
el ojo mohoso del vidrio
calamitoso,

Álvaro Leiva

Memories of an Iguana

To Carmen Berenguer

Between iguana
and
Anaconda
I became a bard
although
I always
liked playing with fire
I went
to school
to learn nothing
I was expelled in the second grade
I can't make claims like Lihn who never went outside
the walls of
his German lyceum—
but
now that we all know the truth
listen Paul... listen Paul
I tell you
that
I am
an iguana,
and I read
news about iguanas
riding 500 year old
leopards bareback,
listen Paul... listen Paul
in Punk Santiago,
your face seems familiar,
I saw you
your moldy eye of
calamity's glass,

Iwana

te oí,
te escuché decir
fertig
fertig

I heard you,
I heard you say
fertig
fertig

La iguana y la religión

Luego vinieron
los curas
el ave maría en el mes mariano
dale la manito, sóbale la sotana
con
la
lengua astillada,
pero
salió
escapando
por los
observatorios
de la ciencia
desde el momento en que vio morir a su dios iguana-
se
escondió
no
escribió
nada,
ni publicó mucha cosa
hasta que
un
día
Anaconda
lo
llevó
al
mapuche
y
le dio
jugos
que mejoraron

The iguana and religion

Then came
the priests
the hail Mary's in the month of May
shake his hand, rub his robes
with
the
splintered tongue,
but
he got away
through
the science observatories
from the moment he saw his iguana god die—
he
hid
he wrote
nothing,
nor did he publish much of anything
till one
day
Anaconda
took
him
to the
mapuche
and
gave him
juices
that remedied

Iwana

su lengua astillada
para siempre

his splintered tongue
forever

Las noticias de la iguana

A Loro Matías

*(detenido desaparecido en Chile, el
año 1974 por militares y civiles)*

Don frío
como
la
muerte
en la buhardilla
o en el helicóptero
que sobrevuela
la ciudad
1974,
la dignidad
nunca se ha ido,
lobos marinos
desaparecidos
torturados
vejados,
las iguanas
vendadas
calcinadas
por
ti
foca que
te comieron
te mascaron
por
el loro que no dijo nada.

Álvaro Leiva

News from the iguana

To Loro Matias
(missing detainee in Chile, the year
1974, by the military and civilians)

Mr. cold
like
death
in the attic
or in the helicopter
flying over
the city
1974,
dignity
that has never left,
sea-lions
vanished
tortured
vexed,
the iguanas
bandaged
charred
by
you
seal who was
eaten
chewed
for
the parrot who said nothing.

Confesiones de una iguana

A mis hijos

Soy la iguana del triciclo,
tengo la conciencia partida, el sueño roto,
habito en un palacete cerca de *Nanook del norte*,
me alimento de la utopía de los gatos(as), lobos(as) y
    perros(as).
Tengo otras iguanas vecinas
ellas dicen que hubo un lenguaje
mucho antes que las palabras
    -la escritura se cansó de ti-

estas son las confesiones
de una iguana
medio tuerta, medio enana,
en el desierto
en el Arauco
en la anarquía del concreto destripado
la iguana
que se tragó a la bestia,
el fin del fin,
tin, tin, tin.

Álvaro Leiva

Confessions of an iguana

To my children

I am the iguana with the tricycle,
my consciousness is split, the dream broken,
I live in the mansion close to *Nanook of the north,*
I feed off the utopia of cats, wolves and dogs.
I have other iguana neighbors
who say there was once a language
older than words
        —literature got tired of you—

these are the confessions
of an iguana
half one-eyed, half dwarfed
in the desert
in the Arauco
in the anarchy of gutted concrete
the iguana
who swallowed the beast
the end of the end,
ping, ping, ping.

Alvaro Leiva, Ph.D. is a poet, professor, photographer, born in Santiago, Chile in 1967. He has published four poetry books: Bienvenido a bordo (Santiago, 1990), Exit only (Buenos Aires, 2001), Roquerío 68 (Santiago, 2008), Ciudad Tropelía (Santiago, 2009).

His poems have appeared in a number of magazines and anthologies in Argentina, Chile, Spain, United States, and Venezuela. He teaches and researches for several universities in the US and Chile. He currently resides near the natural sanctuary El Cañi in Pucon, Chile.

Álvaro Leiva, Ph.D., poeta, docente, fotógrafo. Nació en Santiago de Chile en 1967. Ha publicado cuatro libros de poemas Bienvenido a bordo (Santiago, 1990), Exit only (Buenos Aires, 2001), Roquerío 68 (Santiago, 2008), Ciudad Tropelía (Santiago, 2009).

Sus poemas han aparecido en diversas revistas y antologías en Argentina, Chile, España, Estados Unidos, y Venezuela. Se dedica a la docencia y a la investigación universitaria en los Estados Unidos y Chile. Actualmente reside cerca del santuario natural El Cañi en Pucón, Chile.

After the events of 9/11, author Alvaro Leiva wrote this bilingual collection of poems to create a transformative experience in order to understand this brave new world. For the poet this process of speaking, "like iguanas would do", represents a spiritual journey, in a desperate attempt to keep the dreams of the past alive. Throughout these poems and prose a reptile travels from the city to the countryside, from the volcanic southern Chile to the subtropical South Florida in the US. Therefore, the poet, who has turned into an *iwana,* his artifice, is the personification of its own process of transformation.

Despues de los eventos de "9/11" de Nueva York, poeta Alvaro Leiva escribió esta colección bilingüe para crear una experiencia transformativa para que pueda comprender esta edad nueva. Para el poeta el proceso de hablar "como la harían las iguanas", representa un viaje espiritual en un intento desesperado por mantener los sueños vivos. En estos poemas, prosas un reptil se desplaza de la ciudad al campo, desde el sur volcánico de Chile hasta el sur de Florida en los Estados Unidos. Así, convertido en iwana, su artificio, el poeta es la personificación misma de su proceso de transformación.